KB139237

꿈꾸는 비단길

황금알 시인선 98

꿈꾸는 비단길

초판발행일 | 2014년 12월 24일

지은이 | 한소운
펴낸곳 | 도서출판 황금알
펴낸이 | 金永馥
선정위원 | 마종기 · 유안진 · 이수익 · 문인수 · 김영승
주 간 | 김영탁
편집실장 | 조경숙
표지디자인 | 칼라박스
주 소 | 110-510 서울시 종로구 동숭동 201-14 청기와빌라2차 104호
물류센타(직송 · 반품) | 100-272 서울시 중구 필동2가 124-6 1F
전 화 | 02)2275-9171
팩 스 | 02)2275-9172
이메일 | tibet21@hanmail.net
홈페이지 | http://goldegg21.com
출판등록 | 2003년 03월 26일(제300-2003-230호)

값은 뒤표지에 있습니다.

ISBN 978-89-97318-91-9-03810

꿈꾸는 비단길

한소운 시집

황금알

| 시인의 말 |

삶을 이겨 내는 것이 아니라 지금은 단지 견딜 뿐

12년 만에 허물을 벗는다
돌아보니 그 허물 꼭 나를 닮았다
이젠 돌아보지 말고 젖은 날개 허공에 맡기고
날자
삶이 투명해질 때까지

차 례

1부

2부

3부

4부

1부

건천乾川

어떤 간절함이 바닥까지 닿은 기라
흐름을 멈춰버린 마른 몸이
피의 내력을 더듬어 찾아가는 고향, 마을을
병풍처럼 둘러싼 그곳, 달빛은
유난히 그쪽으로 기울고
어느 해 산불이 나서
산 하나가 순식간에 잿더미로 변해도
기이하게 산의 한가운데 그곳만은
말짱하게 피해갔다는
여근곡

수런거리는 소문들처럼
옥문지엔 사시사철 물이 마르지 않으니
어제의 어머니가 딸을 낳고 또 딸이 태어나는
물의 노래
닫힘이 없다면 열림도 없는 것
고향집 닫힌 문 앞에서
까마득히 피붙이를 부르는
몸은
이토록 간절함 쪽으로 기우는 기라

저 붉은, 내통할 수 없는

해질 무렵
발코니 난간에 서서 하늘 한 자락
그 안감 슬쩍 들춰보고도 싶은
내통할 수 없는
저 붉은
힘

이건 비밀이야

저렇게
누설되지 않고 내통할 수도 없는
뜨거운 것

옥상 굴뚝을 돌아 넘어간다

땡볕

북극에서 온 시집을 읽는다

허공이 내 몸에 들어와 숨을 쉬듯
시집 속의 세상에 빠져
시인도 잊고 시도 잊고
거기 어디쯤,
사철 눈과 얼음의 동토
하르당에르* 빙원을 넘어서다가
간간이 보이는 독가촌
무한이 고독에 든 당신 모습,
그 이름 떠오를 때마다
여러 번 주저앉게 했던
나의 무릎
참 힘이 세다

이별의 말을 준비하다 끝내
두 손만 잡았다 놓았을 뿐인데
손가락의 온기가 풀어져 눈물로 흐르던
그날 이후,

태양의 혓바닥이 수시로 내 가슴을 훑고 간다

* 하르당에르: 노르웨이의 산맥이름

이사

산허리를 헐고
포클레인이 생피 같은 붉은 흙을 왈칵
쏟아낸다

수술실 안으로 그를 밀어 넣고
문밖에서 기다리던

초조하던 얼굴들이

오늘은
그를 산속으로 밀어 넣고
황토로 봉해버리고는
돌아앉아 우는

구름 같은 얼굴, 얼굴들
산허리를 싸고 내려서는 비탈길

귀에 고이는

이름도
혈육도 버리고
수만 수천 하늘 밖으로 날아가다니
이별은 천연덕스럽다

그 밤,
밤새 비가 내렸다 무심한 듯
베란다 홈통을 타고 흐르던 낙숫물소리
잠결에도 귀에 고이는 이름
아침이 되니 두 귀가 홍건하다

놋그릇을 닦다

저녁이 산 계곡의 물처럼 흘러드는 고향집
어두한 광에서 꺼낸
놋그릇 몇 벌
서울까지 껴안고 왔다
수십 년 묵은 녹을 벗기면
어머니 땀 밴 모시적삼이 어룽거리고
연탄재와 짚북데기 너덜너덜해지도록
한 눈 한 번 팔 사이 없이 놋그릇을 닦던
그 숨결과 만난다
수십 년 묵은 녹물이 눈물처럼 흐른다
켜켜이 시간의 그늘에 숨겨진 몸이
원래의 몸으로 되살아나
탱탱하게 윤나는 놋그릇
흐뭇하게 바라보다
앗차! 놋그릇을 떨어뜨리고 말았다
내 살갗 또한
몸속 깊이 찾아들던 중이었으니

달님아 자자

마음이 허할 때 몽유처럼 마실을 걷는다
그날 하늘은 눈이 오실 것처럼 흐리고
유치원 앞을 지나칠 때
"달님아 자자"
그 소리에 뒤를 돌아보았다
이제 막 밀고 나온 죽순 같은 아이 하나
뿌연 하늘을 쳐다보고 있다
그 아이의 눈길을 따라
하늘에 걸려 있는
손톱 같은 달
보다가 가다가 주춤주춤
지상에 없는 발자국 더듬어가다가 우두커니
나를 세우는 슬픔 같은 것
그리움 같은 것
목젖에 걸려 나도 그만
달님아 자자 달님아 자자
초롱초롱한 아픔을 재운다

맨드라미

한차례 소나기가 지나가고
훌쩍 커버린 장독 앞 맨드라미
"어째 닭 벼슬 같구나"
어머니가 그것들을 어루만지며
속삭이던 그 여름이 되살아난다
장독 앞 사연이 깊어갈 무렵
붉은 속내 토해내다 토해내다
아 글쎄 속이 새카맣게 탔다고
고 까만 창자를 우르르 쏟아놓는
길고 길던 그 여름

꽃들에게 묻는다

그해 봄은
봄이 온 줄도 모르고
가는 봄의 뒷모습만 보았지요
꽃 그림자 밟고 꿈인 듯 떠나가는 길에
봄날의 짧은 해도 걸음을 늦추고
눈시울 붉혔지요

다시 봄인가요?

어디서 왔는지 봄꽃들
후– 하고 된 숨을 토해내는군요
아주 먼 길 지나온 듯
한 짐 이승에 부려놓은 저 울음의
빛깔들을
사람들은 환하게 반기네요
어쩌지요

내 눈엔 유난히 아지랑이만 일렁이는 걸요

지금쯤 그 사람 어느 후생에 당도하여
한 생을
저리 환하게 살고 있는지요?

부산성* 가는 길

적막한 시간들이 일어서는
부산스런 시간들이 멈춰있는
오래 접어둔 길,
펼쳐보네
우중골을 지나고 산성으로 접어드는 굽이굽이
첩첩산중,
마음의 지도가 짚어가네
갈피갈피의 기억을 더듬어
밀림의 유적을 찾아 헤매듯
유배 같은 땅
난데없는 뿔나비 떼 인기척에 놀라
날개를 접었다 폈다 당혹스런 저 모습,
나만 놀란 것이 아니라고 하네
그 집터엔 그리운 것들의 발목을 잡고
나무와 풀과 허공만 가득 들어와 살고
째깍째깍 감자 꽃 피고
째깍째깍 산딸기가 익고
적막의 시계가 다시 째깍거리기 시작하네

* 부산성: 경주 건천에 있는 산성이름

트랙

한 번 경주를 하고 나면
몸무게가 8kg까지 빠진다는
등에 번호판을 붙인
미끈한 몸매를 자랑하는 경주마들

폭죽 터지는 함성에
소나기 지나가듯 흙모래를 일으킨다
저 필생의 몸짓 앞에
울컥 목이 메인다

찰나에 운명을 걸고
운명에 돈을 거는 사람들

한 번 경주를 마친 말들은
마방으로 들어가 3개월 동안
몸을 다진 후 다시
경기장으로 불려 나간다

트랙의 끝은 어디인가

부부

도자기 잔에
커피 물을 붓고 돌아서는데
쩍! 소리가 났다
잔에 금이 갔다
유리도 아닌 도자기가…

영원을 노래한 적 없지만
이별은
간단치가 않아

금이 가고도 한동안 버리지 못한
그릇처럼
수없이 가슴에 금을 내고도
아무 일 없었다는 듯
마주 보며
삶의 얼룩을 닦아준다
조심조심
깨지기 쉬운 취급주의 그릇 같은

분갈이
— 민정에게

화분 갈이를 한다 삽날을 멀찍이 꽂고 흙에게 먼저 귀띔을 준다 잔뿌리 하나라도 다칠세라 앞뒤로 자분자분 흔들어 흙 채로 푹 떠서 다른 화분으로 옮긴다

새로운 집으로 시집가는 딸아, 마음의 더듬이를 위로 뻗지 말고 옆으로 뻗어보렴, 조심스레 발하나 내리고 또 하나 내리다 보면, 너에게도 뿌리내리는 시간이 올 것이니, 세상은 뿌리의 힘으로 꽃피는 것 알게 될 것이니

어느 날 내가 떠나왔던 그 자리, 네가 따라왔던 그 길을 바라보며 오랜 침묵 끝에 내미는 촉 하나, 볕 바른 오늘 미리 화분 하나 옮겨 놓는다

2부

망초

방문 양옆으로 나일론 줄을 치고
꽃무늬 천으로 듬성듬성 주름을 잡아 매달고서
커튼이라고 좋아라 했던 방, 아늑한 자취방
창호지 문짝의 고리 하나를 굳게 믿었던 그 밤
누가 방문 앞 신발만 가만히 확인하고 돌아간 사람 있었지

철들기 전에 지는 꽃도 있지

과거형 사랑에게

느닷없이 전화해서
다짜고짜 하는 말씀

"당신이 사랑을 알아? 끝이 보이지 않는 사막 한가운데 서서 발아래는 뜨거운 지열과 머리 위는 이글거리는 태양, 숨이 멎을 것 같은 이 막막함 당신이 아냐구? 보고 싶다는 말도 하면 안 돼?"

딸깍

시간의 유적지를 파헤쳐본다 무덤 속의 시간들이 술렁거리다 고요해진다 부패한 언약과 맹서들 깍지를 풀고 잠든 지 오래, 흘러간 것은 다시 돌아오지 않는다

생각

해가 지는 어스름에 방금 떠나보낸,

사람, 그립다

뜨겁던 날들

태양이 알을 슬은 것처럼
다글다글 볼긋볼긋

신두리 해변으로 가는 길목
예전에 없던 꽃나무 가로수
배롱나무라고도 하는
목백일홍 나무 끝에 매달린
붉은 자미화
출발선에 선 마라토너 같은 저 탱탱한 자세
햇살이 한 번 더 구름을 비집고 나오면
확! 붉은빛 터질 것 같은데

손끝만 닿아도 타오르던
소용돌이치는
내 피는
아직도 몸 떨리는 배롱꽃떨기, 떨기

가위바위보

골목 안까지 샅샅이 비추는 달빛의
담벼락에 기대어 가위바위보 하네
금성의 여자와 화성에서 온 남자
한 치의 양보 없이 빳빳하게 겨루네
세 번 네 번 비기고 있네
담장 안 꽃가지 더는 못 참아 한 꺼풀
또 한 꺼풀 옷을 벗는 봄

그 사람, 온다던 그 사람은

그 사람, 온다던 사람 아니 오고
겨울 가고 봄 오고
쨍쨍한 여름날, 흙냄새를 앞세우며
온다던 사람 대신 긴 장마가 왔다
일기예보는 장마가 계속된다 하고
지루한 나의 기다림도 평생의 할 일처럼
장맛비를 견디는 중이다
뜨겁지도 차갑지도 않은 것은
더 견딜 수 없는 일
퍼붓는 장대 빗속에도
꺼지지 않은 불씨가 어딘가에 있겠다고
장맛비 그치면 그 사람 온다고
이 몸 하나 빗줄기로 휘어지면서

신촌에서

기억에도 없는 첫날밤을 생각한다.

약속시간보다 한 시간이 남아서 신촌 거리를 걷다가 책방에 들어가 새로 나온 시집을 읽었다 몇 줄의 시 속에 앙코르톰을 훤히 그려내는 놀라운 힘, 앙코르와트를 보고 입을 다물지 못했는데 시집 속의 글 한 줄이 입을 다물게 한다 그 불가사의의 땅, 책방을 나와 나는 어느새 밀림 속의 사원을 걷고 있다 사람 하나 가슴에 앉히는 일이 막막하여 막차를 떠나보내듯 밀어내고 정글 속에 홀로 남은 듯 아득한 밤, 그리움이 강이 되어 행간마다 캄캄한 밤, 시간을 마디마디 매듭짓고 이어보아도 후회가 강물같이 밀려오는 낯설고 새로운 신촌, 백 년이 지나도 새마을로 기억될 신촌의 밤을 또 넘는다 기억을 타넘고 타넘어 오는

비단길을 노래하다

유월, 뙤약볕 아래 여자아이 남자아이 뽕나무 아래 까치발을 딛고 서서 뽕나무 가지를 휘어잡네요 반쯤 치켜뜬 눈으로 새까만 오디를 따서 서로의 입에다 쏘옥 넣어주네요 아름다움은 저렇게 계산 없이 되는 건가 봐요

비단길 건너가듯 자분자분 뽕밭을 건너가는 햇빛, 한낮의 바람과 이슬이 키운 것이 어디 오디뿐이겠어요 입가에 먹물 든 웃음이 비단처럼 반짝이네요

어느 한때 온 가족이 누에만 생각하던 계절이 있었어요 이슬도 마르지 않은 새벽길, 눈을 비비며 따라갔던 뽕밭

누에가 자라면서 뽕잎도 커졌지요

누에에게 손바닥만 한 뽕잎을 덮어주면 소나기 내리듯 쏴—쏴— 뽕잎 갉는 소리, 맑고 투명했지요 한잠 자고 두 잠자고 막잠 자고 나면 누에 몸의 푸른 기운은 어둑어둑 깊어지고 섶에 올라가 곧바로 집을 짓기 시작해요

누에의 그림자가 실루엣처럼 아슴아슴 보이다가 고치가 여물어져요 작은 우주 속에 몸을 가두고 그 몸을 비우고, 면벽 수도하듯이 눈 코 입 닫고 두문불출 막다른 그 길, 비단길이었지요

헛꽃

겨울꽃 보러 서해로 갔다
눈보라 치는 가슴 한복판
사랑의 묘약같이 노란 매화,
납매 보러 갔다가
헛꽃이라는 허허로운 이름에 마음 오래 빼앗긴
산수국의 꽃받침
벌 나비 유인하여 씨앗 맺게 해주는
헛꽃의 향기처럼
지상 가장 낮은 곳에 이르러
손발 움직이는 사람들
그들이 세상을 떠받치고 있다고
하얀 얼굴로
살랑살랑 날갯짓하는 꽃받침
까무룩하게 나를 죽인다

도화담 삼거리

그러니까 도화를 보러 온 것은 아니었고
그렇다고 만가주점에 들를 생각도 아니었어
그런데 누구의 넋이 저리도 붉다냐
아미산 아래로 도화살 그 여자 두둥실
새파란 물결 가마 타고 아찔한 봄날을 건너간다
하, 어떤 이별도 손 흔들 언덕이 있어야
눈부신 것인데
도화담 삼거리만 난분분

견딜 수 없는 봄을
견디고 있는 봄날

낮게 내려온 흰 구름 펄럭이며 봄 팔러 간다

초사흘

하늘 한쪽 귀에, 걸고 있는
노르스름한 황금 귀고리
새침하다

그 아래 호수도
커플 이어링 달고서
마주 바라본다.

어느 사랑이
저토록 깊고 깊어서
멀고 아파서

귀엣말

봄빛에 홀려
길을 잃고 방황하네
목련은 목련끼리
이슬은 이슬끼리
뭐라뭐라 귓속말하는데
나는 도무지 알아들을 수 없네
어찌어찌 너는 잘도 알아듣고
꽃잎에 문지방 닳도록
드나드는
햇빛

그리고 꽃 지네

학암포

꽃에도
사람에게도
절정의 순간은 있어
그 작은 꽃의 입술, 그 포구에서
나, 꼼짝없이 발목 잡혔네
웃음인가 보면 슬픔이고
눈물인가 보면 또 환한
첫날밤 신부 같은, 첫 키스 같은 메꽃
아득한 저녁을 넘고 있었네
옹기종기 어깨를 걸고
바닷가 모래 둔덕 한 생이 참 밝게도

이른 봄

웃고 있네요 당신, 행복한가요 아, 행복해서 죽겠다고요 웃다가 죽고, 미쳐 죽고, 성질 나 죽고, 좋아 죽고, 미워서 죽고, 사랑하다 죽고, 보고파 죽고, 다 죽었는가 이제, 오 맙소사 아직 죽지 않고 살아 저만큼 애 터지게 봄날은 온다 종종걸음으로 저기 상긋이 웃으며 산비알을 넘어오는 생강 꽃인가 산수유인가 환장할, 누군가를 오래 기다리는 일이 삭정이 말라가는 기나긴 겨울의 고독 끝에 찾아오는, 저 짧은 미소 한나절 보기 위함이라 해도 기다릴 그 무엇이 있다는 것은 희망이 남아 있는 것이다 도저히 닿을 수 없는 아득한 거리 잡았던 끈 놓을까 말까 망설이는 사이 꽃은 또 핀다

3부

108배

저녁예불 끝나고
절 마당엔 무명베 같은 어둠이 스며든다
나 아닌 나로 살아온 내가
나에게 절하는 밤
무엇이 그리 속을 끓어오르게 하는지
무엇으로 얼음처럼 냉담해져 모든 것이 시시하게 보이는지
내 사주에 금이 많아, 그것도 신금이 들어
이런 사주는 우두머리가 되어야 할 사주라
사내로 태어났더라면…,
그 역술가는 말끝을 흐렸지
냉정함과 따뜻함이 극과 극
한 번 마음을 접어버리면 다시는 보지 않는
너무 곧아서 부러지기 쉬운 내 육신
나의 이런 모순에게
오체투지 무릎 꿇고 이마를 낮추어도
나를 짚어갈 길은 요원하고
천간지지를 짚어 보아도
나의 태양은 어디를 비추고 있는지

강물을 어디에다 버려야 바다에 이르는지, 나는
내가 보일 때까지 바닥 깊숙이 이마를 댄다

고무신

작정하고 나선 길이 아니었다
생각 없이 길 따라가다가
말로만 듣던 명산명찰
칠월 뙤약볕 아래
사찰 초입서 구두를 벗어두고
고무신을 얻어 신었다
숨이 턱턱 막히는 경사진 산길
고개 절로 숙여져
자꾸만 고무신 앞에 절하던 그 날
백고무신이 부처였다

목어

저것 좀 보아
무심한
저
눈망울 좀 보아
무진장 커진
눈,
돌아갈 수 없는
전생을, 이생을 오래전에 잊은 듯
굳어버린 지느러미
숨통을 잃어버린 아가미
물길보다 바람길에 더 익숙해진
저 무한경지의
흔들림

백담사 가는 길

무슨 염원 저리 간절하여
큰 돌 작은 돌 간조롬이 엎드려
기도가 된다
빌어야 할 무엇이 있긴 있는 걸까
오른손이 왼손에게 왼손이 오른손에게 닿지 못한
늦은 저녁에게도 닿지 못한
또 하나의 어떤 기도가
돌탑을 쌓는다

대숲

대숲에 와서
내 청춘, 푸른 시절을 추억한다
삶이 휘청거릴 때마다
손목 긋듯
시퍼런 비수 한 줄씩 가슴에 새기며
꼿꼿해지려
속없이 텅-텅-
마음을 비웠던 날들

대숲에 서면
속없이 비워야 삶을 견뎌낼 수 있다고
시퍼런 바람 한줄기 죽비가 된다

월경越境하는 밤

나보다 내 몸이 더 정직하다는 걸 알고부터
나는 몸의 길을 따르기로 했다

아직도 경험하지 않은 '첫'이 너무 많은
몸과 마음의 접경지대

내 몸을 빠져나간 달, 그림자만 남아
폐경이 배경으로 보이는
내 몸의 비무장지대

나 다시 월경을 꿈꾼다

간고등어

삶이 맹물같이 간이 맞지 않을 때
독하게 술 한잔 하실래요
아니, 아니지 소태같이 쓰디쓴 날
맹물처럼 시원하게 한잔 하실래요
이승인지 저승인지 경과 계를 깨뜨리고
오늘을 버무려 우리 함께 간 맞추어 보실래요
음식의 맛도 간이 맞아야 제맛이 나지요

세상 파도에 출렁이다 어느새 내 몸
고스란히 간물 베어져 나오네요
삶의 갈피갈피 간 치느라 쓰라렸던 상처들
이제야 알맞게 간이 든
나는 간고등어

빈 배

여기, 꼭 여기 어디쯤 빈 배가 닻도 없이 쇠줄에 묶여 반은 뭍에 또 절반은 강물에 의지해 척 걸쳐 있었는데 그 야심한 밤에 나는 왜 그 폐선을 찾아갔는지, 오랜 세월이 지났는데도 꼭 그 자리에 그대로 있었다 뱃머리를 바득바득 따라오던 물결하며 마을 어귀서부터 개가 짖으면 온 동네 개가 다 따라 짖던 것과, 컹컹 소리에 곤히 잠든 풀잎이 사분사분 일어나 서로를 껴안던 거며 쪽밭에 배추며 쪽파며 가을 무우가 푸른 달빛에 더욱 푸르게 내 마음에 각인되던 잊을 수 없던 그 날을, 그 빈 배는 아직도 기다림을 놓지 않고 있는데 아, 나는 흉흉하게도 한동안 잊고 살았다 하냥 그리울 그 시간들을, 늘 그러했듯 길도 아닌 것이 나를 이끌었다 이제 그만 놓아 주어야겠다 나를 묶고 있던 밧줄을

가는귀

할머니가 담뱃가게에서
디스브라자 달란다
할머니 디스플러스요?
몰러, 프라잔지 브라잔지 영감이 그러던디?

마을버스가 언덕배기를 넘어설 때
하늘마당에 뻥튀기를 막, 쏟아 부은 것 같은
벚나무의 껍질을 벗고 나오는 저 알몸들
환하다
버스 안의 라디오에선 벗꼬 구경 가잔다

염장이가 망자의 몸을
발끝부터 차츰 위로 정성껏 염을 하더니
머리만 남겨두고선 가족들을 향하여
하실 말씀 있으면 하란다,
마지막 가는 것이 귀라며

당신 몸에서

북소리가 보폭을 넓혀 울립니다
당신 뒷모습은 굽은 세월을 따라가고

걸어오시는 얼굴 마주할 땐
한걸음 물러서서 안 보는 척 보기도 하고
보는 척 놓치기도 하는데
둥, 둥
갑자기 북소리 들려옵니다

찰진 젊음은 다 빠져나가고
적당히 비워내고 알맞게 채워진 바람
잘 여문 그 시간이 해묵은 향기로
은은하게 북소리로 울려옵니다
둥–두두둥

국경 없는 태양

잴 수 없는 거리를
야단스럽지 않게 가면서도
하루에 다 간다

이천 년의 폼페이 거리,
목욕탕 지나 피자집도 지나
대리석 바에 앉아 와인 한잔 하는 오후
탄식 같은 고요만이 쌓이는 시간의 유적은 깊고 넓다
시간의 거리를 캄캄하게 제곱으로 셈해보아도
지금 이곳은 여기와 거기로 나뉘어 질 뿐,
하늘엔 그때 그 불덩이 같던 석양만
종일 걸어서 퉁퉁 부르튼 발바닥
붉다

맞춤한 웃음

일요일 아침 양복 재단사가 집으로 왔다
아들 양복을 맞추러 왔단다
옷 한 벌에 출장까지 오냐는
내 눈을 읽지 못하게
얼른 고개를 돌려
아들을 불렀다
참 편한 세상이다 싶다가 곧
재단사 입장으로 돌아섰다
참 어려운 세상이다
그는 시종일관 웃으며 아들 몸을 요리조리 잰다

도통 모를 일이다
기쁜 건지
화난 건지
언제부터인가 내가 없다
언제나 규격화된 웃음으로
맞춤하게 웃는다

웃음도 가봉 뜨러 오실래요?

빚

바닥이라는 말 쉽게 하면 안 되지
어디가 끝인지 알 수 없는
해 질 녘 재래시장을 돌아보면
비로소 드러나는 맨바닥, 장바닥엔
시든 채소를 떨이하고
한물간 생선을 떨이하는
고무다라이 밑바닥을 탁탁 치는 일

어느 날 빨간 줄이 쳐진 빚 독촉장 날아들었고
사업에 실패한 그는
집도 땅도 탈탈 털어버리고
바닥에 등을 대고 누웠을 때처럼 편안해했다
무섭도록 고요한
거기, 아주 낯선 내가 있었다
그 어느 때보다 나를 들여다볼 수 있었던 시간
되돌아보니 난장이었다
바닥보다 무서운

4부

변산 바람꽃

침묵의 뇌관을 밀어 올려 꽃대 내민
바람꽃
순환의 고리를 끊지 못하여
꼭, 그 이름 그 입김만큼 눈 녹은 자리
그 자리에 얼굴 내밀고
지금 한창 봄빛을 타 넘고 있다

빙점에 도달할지라도
한 번은 꽃이 되어 보고 싶었던
이글거리는 눈빛
바람꽃, 변산바람꽃

가을은 아직 거기 있었다

때 이른 폭설이 내린 뒤 눈도 녹지 않은 겨울밤, 달빛이 하도 고와 밤마실을 나갔다. 산책길에서 만난 노부부, 긴 작대기로 가로수 가지에 걸린 둥근달을 자꾸만 끌어내리고 있었는데, 아까부터 달만 보고 걷던 내 눈에 할아버지는 달을 따는 것이 아니라 자꾸만 나무를 후려치고 계셨다. 작대기를 휘두를 때마다, 가지에 걸려 있던 달은 어느새 하늘 높이 도망가 있었고, 바닥으로 주르륵 떨어지는 것이, 달이 도망가다 똥을 내질렀는지 사방 구린내가 진동했다. 그 구린 것을 마다치 않고 할머니는 열심히 주워담으시고 할아버지는 힘에 부친 듯 헛기침 같은 웃음을 '허허' 하시며 가끔씩 헛손질에 작대기가 허공을 치는데, 그때, 산산이 부서지던 달빛 좌악 길위에 깔리고 그 달빛 밟고 때를 놓친 저녁 종소리 깊은 겨울을 건너가고 있었다.

촉

세상과 겨루어 칼을 갈다 보니
너무 갈아 면도날이 되었다는
생판 처음 본 그 사람의
날 선 눈빛, 남해 마늘밭까지 따라와서
새파랗게 내민
마늘 촉을 보았네
저토록 독 오른 맵싸한
말, 이제 이 칼로는
누구도 벨 수 없다며
안으로 앙다문
결심, 그 푸릇푸릇한 한 마디를
고쳐 듣게 되었네

오월

아파트 모퉁이를 돌아서자 쭉 뻗은 가로숫길이다
눈발 흩날리듯 꽃가루 날리는 오월,
네댓 살 아이가 가로수 그늘 아래서 훌쩍거린다
아이 앞에 주저앉아 너 왜 우니 했더니
벌레가 날아다녀서요
벌레가, 하얀 벌레가 자꾸만 얼굴에 붙으려고 해요

그런 오월이다, 네댓 살 아이 같은

칠월

장마 지나고 쨍한 날
뭉게구름 둥둥 떠오르고
어디서 그렇게 떼로 몰려왔는지
고추잠자리 구름보다 가볍게 맴을 돈다

서쪽으로 넘어가려던 늙은 햇살도
한바탕 놀아나 보고 싶은지
잠자리 꼬리에 매달려
뱅글뱅글
아, 어지럽다 가는 세월

두 남자

퇴근 시간 만원 지하철
뚱뚱하게 자리 잡은 한 남자
여유롭게 신문을 턱 하니 펼쳐 들고 본다
간신히 끼어들어 온 작은 체구의 남자
대뜸 신문 보는 남자 앞에서 큰소리로
'아저씨! 신문을 좀~' 하다말고
주섬주섬 말을 접어 넣는다
신문보다도 더 작아진 그 남자
'어이 더워 어이 덥다' 아무 일도 없다는 듯
덥다는 말로 딴청을 피운다
주눅 든 말들이 위장 속에서 우글부글 끓고 있는지
입술이 솥뚜껑처럼 열렸다 닫혔다
불안하게 다시 흔들린다
전동차 문이 열리고
바깥바람이 후끈, 신문을 접는다

참새들

이른 아침
벤치 위에 나란히
참새들 앉아있다

새벽 산책 나온 나를
제피씨 같은
까만 눈으로 쳐다보며
저저바저저바젖어봐
간밤에 내린 이슬에 발을 담그고
족욕을 즐긴다

목욕탕에서 찜질방으로 옮긴 여자들의 수다
방앗간에서 핀란드식 사우나로 옮긴 참새들의 수다

아침이 현대풍으로 왁자지껄 밝아온다

겨울 바다의 낙조

…

그리하여

마지막 온몸 던져 혈서를 쓰다

파도

꿍, 몸져누운
한 번씩 돌아누울 때마다
그 몸에서
푸드득!
새가 날아올랐다
하얀 눈부신 깃털 하늘에 닿을 듯
또 한 번
꿍,
모로 돌아눕는다
거룩한 목숨
크게 한 번 기지개한다
절벽이다

아직島

마음을 쉽게 내릴 수 없는
섬 아닌 섬이 있어요
당신! 정답게 불러보면 혈육처럼 가깝다가도
당신이, 하며 손가락 곧추 세우면 등대처럼 먼
그래도 섬 안엔
아직도 그만그만한 또 다른 섬
그래도가 있어요
너島 나島 우리島 그래島
아직島
사람과 사람 사이에 놓인 징검다리같이 밤낮없이
출렁이는 섬
왔는가 싶으면 어느새 등을 보이고
떠났나 싶으면 또 돌아오는
이 섬에 들어오면 좀처럼 떠나지 못해요
한 생이 폭 삭아 독성이 발효되면
드디어 해탈의 길 열리려나
썰물처럼 빠져나간 늦은 오후의 섬은
둥둥 마음만 떠다녀요
아직도, 는
그래도 기다릴만한 그 누구의 섬!

점 하나

세상 어디든 꽃 지고 피겠지만
아직 땅속에 갇혀있는 꽃의 뿌리들,
꽃이라 불리지 않는다
주목받는 시와
주목받지 못한 시를 두고
종이 한 장 차이라고
구겨버린 휴지처럼 말하는데
동전의 앞과 뒤가 달라도
같은 동전일 뿐이라고
시답잖게 말들 하는데
그렇다면,
하늘과 땅도 결국 한 호흡의 우주일 뿐인데
천지 차이, 이것이 어떻게 간단하냐구요

나무

나는 한 가지 체위만을 고집한다

내 살아온 이력
근본 없이는 똑바로 설 수 없기에
산그늘보다 더 깊은 뿌리 하나쯤 내리고
고요히 선정에 들 때면
하늘을 날던 새들도
가만 내 어깨로 내려와
詩나부랭 詩나부랭 문장을 만들다
구름 한 장 북 찢어버리고
포르르 구름 속으로 날아간 오후
다양한 체위를 논하는 시인들은
아직도 난해한 說을 풀어 놓지만
나는 죽어도 무릎 꿇지 않는
예나 지금이나 한 가지 체위만을 고집한다

마트씨의 24시

마트는 마트씨라고 불리는 것을 좋아한다. 마트씨의 삶을 관통하는 자본, 자본을 돌리는 마트와 마트씨가 뒤섞여 하루가 결산 되는 0시, 계산대의 숫자판은 제로에 놓인다.

제로는 또 다른 출발이다. 몇 시간 후면 새벽시장을 다녀와야 할 것이며, 아침은 어김없이 김밥과 컵라면으로 때워야 하는 마트씨, 끼니는 놓쳐도 계산기는 놓치는 법이 없다 오전 6시에 문을 열고 자정이면 문을 닫는다.

간판불이 꺼지고 어두컴컴한 골목길을 한 바퀴 돌아보는 마트씨, 길 건너 24시편의점 불빛만 골목을 환하게 비추고 있다. 돈 냄새 잘 맡는 수전노처럼 킁킁거리며 그쪽을 어슬렁거리다 되돌아와서는 제 몸의 형광불빛을 환하게 밝히는 마트씨, 바람에 펄럭거리는 마트 간판이 달빛에 바랠 때까지 다람쥐 쳇바퀴 돌리듯 하루를 뛰지만 마트씨는 24시간 푸른 꿈을 꾼다.

오늘은 배추가 효자 노릇 할 것이다 산더미처럼 쌓은

배추 더미를 물끄러미 바라보며 배추포기처럼 시들어가는 마트씨, 마트의 모든 쓰레기가 매립지로 흘러가듯, 마트씨도 서서히 허물어져 지구의 어느 구석으로 반납될 것을 안다. 마트씨는 배추 다발 같은 인생을 마트에 입금했다. 그 어떤 神의 심부름으로 달려온 마트씨는 드라마의 주인공이자 조연이다. 간판불이 꺼지고 무대의 막이 내리듯 천지간에 눈이 내린다.

해설

■ 해설

아름다운 삶을 되찾기 위한 기억하기와 꿈꾸기

이 성 혁(문학평론가)

1

한소운 시인의 세 번째 시집 『꿈꾸는 비단길』을 읽으면서 시의 원천은 기억과 꿈이라는 것을 다시 한 번 깨달았다. 사실 인간은 본성적으로 개인적으로든 집단적으로든 기억과 꿈을 엮으면서 현재를 살아간다. 그러나 현대 사회는 기억과 꿈의 가치를 인정하지 않고 노동만을 가치 있는 것으로 인정한다. 현대사회는 기억과 꿈을 사적인 문제로 치부하고, 돈이 될 만한 무엇인가를 만드는 공적인 노동만을 사람들에게 요구하는 것이다. 그래서 현대인들은 기억하기와 꿈꾸기를 할 수 있는 능력을 잃어버리고 있으며, 집단적인 기억과 꿈 역시 파괴되고 있다. 시인이란 존재가 현대 사회에서 중요한 것은, 그가 개인적 또는 집단적인 기억하기와 꿈꾸기를 행하면서 말을 자아내고 엮어내기 때문이다. 그래서 개인적인 차원에서의 기억하기와 꿈꾸기를 풀어낸 시편들도 사회적으로 소중한 의미를 지닐 수 있는 것이다. 그 시편들은 현대인이 기억하기와 꿈꾸기의 능력을 잃어버리도록 강요되고 있는 현실에서, 인간의 그러한 능력을 보존한다는 의미를 가질 수 있기 때문이다. 그래서 한 인간의 기억과 꿈을 섬세하게 엮어내고 있는 『꿈꾸는 비단길』 역시 사회적으로 소중한 가치를 가지고 있다고 할 것이다. 그런데 한소운 시인의 기억과 꿈은 개인적인 동시에 집단적인 의미와 연결된다는 것에 주목된다. 우선, 이 시집을 여는 시인 『건천乾川』이라는 시의 전문을 다시 읽어보자.

어떤 간절함이 바닥까지 닿은 기라
흐름을 멈춰버린 마른 몸이
피의 내력을 더듬어 찾아가는 고향, 마을을
병풍처럼 둘러싼 그곳, 달빛은
유난히 그쪽으로 기울고
어느 해 산불이 나서
산 하나가 순식간에 잿더미로 변해도
기이하게 산의 한가운데 그곳만은
말짱하게 피해갔다는
여근곡
수런거리는 소문들처럼
옥문지엔 사시사철 물이 마르지 않으니
어제의 어머니가 딸을 낳고 또 딸이 태어나는

물의 노래
닫힘이 없다면 열림도 없는 것
고향집 닫힌 문 앞에서
까마득히 피붙이를 부르는
몸은
이토록 간절함 쪽으로 기우는 기라

—「건천乾川」 전문

이 시에서 시인의 기억은 고향의 어떤 장소와 연관된 집단적인 기억의 차원으로 확장되면서 더 나아가 여성성—이 땅에서 내리 살아온 어머니들—의 차원에서 의미화된다. '건천乾川'은 시인의 고향에 있는 개천 이름인 듯하다.('조금만 가물어도 물이 마르는 개천'이라는 뜻의 일반명사일 수도 있다.) 그곳에는 "어제의 어머니가 딸을 낳고 또 딸이 태어나는/ 물의 노래"가 흐르고 있다. 이 어머니와 딸의 순환적 탄생의 과정—물의 노래—이 고향 사람들의 삶, 아니 더 나아가 인류 자체의 삶이 지속할 수 있게 해준다. 고향에서 그러한 물의 노래가 지속할 수 있는 것은 어떤 생명의 힘, 즉 "옥문지엔 사시사철 물이 마르지 않"는 '여근곡'의 힘 때문이다. 고향에서 이 '여근곡'은 바로 생명력의 원천인 것이다. 생명력의 원천인 이 '여근곡'은 신비한 장소다. 큰 산불이 나서 "산 하나가 순식간에 잿더미로 변해도/ 기이하게 산의 한가운데 그곳만은/ 말짱하게 피해갔다는" 것이다. 어떠한 물리적인 파괴력이 닥쳐도 신비하게도 '말짱하게' 보존되는, 고향의 생명력의 원천인 여근곡.

생명력의 원천은 신비하게도 소멸하지 않는 것이기에, 고향은 "흐름을 멈춰버린 마른 몸이" "피의 내력을 더듬어" 고향집 앞에까지 가도록 이끌 수 있었다. "흐름을 멈춰버린 몸"이란 이중적인 의미로 읽힐 수 있다. 하나는 월경이 멈춘 몸일 수 있으며 또 하나는 생명력을 잃어버리고 있는 현대인의 몸이다. 후자로 읽게 되면 "고향집 닫힌 문"이란 구절을 현대인에게 닫혀버린 고향이라는 의미로 읽을 수 있게 될 것이다. 즉 현대인은 고향을 잃어버리게 된 것이다. 하지만 모든 것을 변화시키는 현대의 파괴성 역시 저 고향에 있는 생명력의 원천–'여근곡'–만은 파괴하지는 못했을 테다. '여근곡'은 파괴될 수 없는 신의 능력을 지니고 있는 장소인 것이다. 그래서 고향의 '여근곡'은 피붙이를 끌어당길 힘을 여전히 가지고, '마른 몸'의 현대인을 "고향집 닫힌 문 앞에서" 서 있게 만드는 것이다. 하여, 시인은 "닫힘이 없다면 열림도 없을 터"라는 낙관을 지닐 수 있게 된다.

이와 관련하여, 「놋그릇을 닦다」는 「건천」에 이어지는 시라고 보아도 무방할 것 같다. 그 시는 어쩌면 「건천」의 주제를 좀 더 쉽게 풀어서 쓴 시라고도 할 수 있을지도 모른다.

저녁이 산 계곡의 물처럼 흘러드는 고향집

어둑한 광에서 꺼낸
놋그릇 몇 벌
서울까지 껴안고 왔다
수십 년 묵은 녹을 벗기면
어머니 땀 밴 모시적삼이 어룽거리고
연탄재와 짚북데기 너덜너덜해지도록
한 눈 한 번 팔 사이 없이 놋그릇을 닦던
그 숨결과 만난다
수십 년 묵은 녹물이 눈물처럼 흐른다
켜켜이 시간의 그늘에 숨겨진 몸이
원래의 몸으로 되살아나
탱탱하게 윤나는 놋그릇
흐뭇하게 바라보다
앗차! 놋그릇을 떨어뜨리고 말았다
내 살갗 또한
몸속 깊이 찾아들던 중이었으니

–「놋그릇을 닦다」 전문

시인은 "저녁이 산 계곡의 물처럼" 고향집에 흘러들어간 듯하다. "계곡의 물"이 그를 끌어당겼기 때문이리라. 그는 그곳의 "어둑한 광에서" 꺼내 "놋그릇 몇 벌"을 꺼내 서울까지 가져온다. 그리고 집에서 놋그릇의 "수십 년 묵은 녹"을 벗긴다. 이 과정에서 시인은 어머니의 숨결과 만나게 된다. 그 숨결에서 시인은 무엇을 기억하게 되는가? 모시적삼에 땀이 배도록, "연탄재와 짚북데기 너덜너덜해지도록" 놋그릇을 닦고 있는 어머니의 모습이다. 하여, 그렇게 고생하면서 살아야 했던 어머니의 눈물과 시인이 벗기고 있는 "수십 년 묵은 녹물"이 기억을 통해 동일화된다. 그리고 놋그릇을 닦으면서 점점 윤이 나는 놋그릇처럼 "켜켜이 시간의 그늘에 숨겨진" 어머니의 모습이 "원래의 몸으로 되살아나"기 시작한다. 놋그릇이 옛 모습을 되찾으면서 어머니의 기억도 선명해질 수 있게 된 것이다. 그러니 놋그릇을 닦는 행위는, 기억 속의 어머니 모습에 드리운 시간의 그늘을 지우는 행위에 다름 아니다. 이러한 행위를 통해 어머니는 부활하면서 시인의 살빛에 스며들어 간다. 이는 기억으로 재생된 어머니가 시인의 삶과 융화되는 것인데, 그래서 시인은 개별자로서의 단독자가 아니라 지금은 이 세상에는 없을 어머니의 삶을 함께 살아가는 존재가 되는 것이다.

그런데 시인이 「건천」에서 말한 바 있듯이, 어머니의 딸은 또 어머니가 되는 것이다. 그렇기에 어머니의 삶을 이어받아 그 삶과 융화된 시인은 딸에게도 그 흐름을 이어주고 싶어 할 것이다. 딸이 시인의 마음을 알아줄지는 모르지만, 어머니의 삶이 스며든 시인처럼 시인의 딸에게 시인의 삶이 스며들 것임을 그 딸도 언젠가 알게 될 것이라는 기대를 안고 말이다. 하지만 한편으로 딸은 어머니의 삶에서 떨어져 나가야 하는 것이다. 그렇지 않다면 딸의 삶이 지니는 고유성과 독립성이 훼손된다. 그래서 시인은 양가적인 입장에 서게 된다. 딸을 독립시키면서도 딸이 이어져 내려온 어머니들의 삶과 융화될 수 있으면 좋겠다는 바람을 가지게 되는 것이다. 「분갈이–민정에게」는 이러한 어머니로서의 마음이 담겨 있다. 이 시의 시적 화자는 "새로운 집으로" 딸을 시집보내는 어머니다. 이 시집보내기를 시인은 그 시에서 '분갈이'로 비유한다. 분갈이하는 것처럼 사위의 집에 딸을 시집보내는 시인은, 딸에게 "마음의 더듬이를 위로 뻗지 말"라고 충고하면서 "너에게도 뿌리내리는 시간이 올 것이니, 세상은 뿌리의 힘으로 꽃 피우는 걸 알게 될 것이니"라고 말해준다. 어머니의 어머니가 연쇄되어 내려오는 흐름, 그 '여근곡'이 부르는 "물의 노래"가 바로 뿌리의 힘이라고 할 터, 자신에게 생명의 힘을 불어넣어 준 고향을 잊지 말아야 한다고 시인은 딸에게 당부하는 것이다.

2

꽃을 피워주는 뿌리의 힘을 가지기 위해서는, 시인이 놋그릇을 닦으며 고생한 어머니의 삶을 기억했듯이 자신의 삶을 형성했던 기억들을 되살릴 수 있어야 한다. 기억하기는 삶의 뿌리를 내리기 위해 필수적인 행위다. 그렇기에, 자신의 삶을 기억하는 일 자체가 꽃피우는 삶을 다시 얻기 위해서이다. 시인은 여러 시편들에서 자신의 젊은 시절을 기억해내고 있는데, 이 역시 새로이 삶의 꽃을 피우기 위해서이다. 그러나 아름다운 시절에 대한 기억은 상처를 들추어내기도 한다. 삶이란 아름다운 시절이 있다면 그 아름다움이 지는 시절도 있다. 그래서 아름다운 시절에 대한 기억은 쓸쓸함을 가져오는 것이다. 가령 「망초」에서 시인은 가난한 자취 시절을 기억한다. "방문 양옆으로 나일론 줄을 치고/ 꽃무늬 천으로 듬성듬성 주름을 잡아 매달고서/ 커튼이라고 좋아라 했던" 시절. 그 시절은 비록 가난했을지라도 행복했을 것이다. "방문 앞 신발만 가만히 확인하고 돌아간 사람"이 있었던 시절인 것이다. 아마 시인을 마음 깊이 사랑하지만, 밖으로 표현하지는 못했던 사람이리라. 그러나 시인은 곧 "철들기 전에 지는 꽃도 있지"라고 말하면서 금방 아름다움-꽃-이 져버렸음을 쓸쓸해 한다. 하지만 기억이 아픔을 가져오더라도, 그 아픔 때문에라도 기억은 새로이 삶을 살아갈 의지를 주기도 하는 것이다.

> 여기, 꼭 여기 어디쯤 빈 배가 닻도 없이 쇠줄에 묶여 반은 뭍에 또 절반은 강물에 의지해 척 걸쳐 있었는데 그 야심한 밤에 나는 왜 그 폐선을 찾아갔는지, 오랜 세월이 지났는데도 꼭 그 자리에 그대로 있었다 뱃머리를 바득바득 따라오던 물결하며 마을 어귀서부터 개가 짖으면 온 동네 개가 다 따라 짖던 것과, 컹컹 소리에 곤히 잠든 풀잎이 사분사분 일어나 서로를 껴안던 거며 쪽밭에 배추며 쪽파며

가을 무우가 푸른 달빛에 더욱 푸르게 내 마음에 각인되던 잊을 수 없던 그 날을, 그 빈 배는 아직도 기다림을 놓지 않고 있는데 아, 나는 흉흉하게도 한동안 잊고 살았다 하냥 그리울 그 시간들을, 늘 그러했듯 길도 아닌 것이 나를 이끌었다 이제 그만 놓아 주어야겠다 나를 묶고 있던 밧줄을

-「빈 배」 전문

시인은 아마 오랜만에 추억이 묻어 있는 어떤 장소에 간 모양이다. 그곳에서 그는 오래전에 "여기 어디쯤" "쇠줄에 묶여" 있었던 빈 배를 기억하고는, 그 배가 아직도 있는지 "야심한 밤에" 이유도 자각하지 못한 채 찾아다닌다. 놀랍게도 그 배는 "오랜 세월이 지났는데도 꼭 그 자리 그대로 있었"던 것, 그런데 그 배를 보자 배와 관련된 온갖 기억이 떠오르기 시작하는 것이다. "뱃머리를 바득바득 따라오던 물결"뿐만 아니라 개들이 따라 짖는 소리, 풀잎이 그 소리에 "사분사분 일어나 서로를 껴안던" 모습, 그리고 "푸른 달빛"에 더 푸르게 현현하던 "배추며 쪽파며 가을 무우" 등이 마음에 각인되었던 기억. 그러한 기억에서 현현된 이미지들은 "흉흉하게도 한동안 잊고 살았"던 "하냥 그리울 그 시간들을" 다시 되살리면서 시인을 그 옛 시간으로 데려간다. 이때 어떤 상실감이 시인의 마음을 아프게 찔렀을 것이다. 그 상실감은 "길도 아닌 것이 나를 이끌었다"는 각성을 가져온다. 저 아름다움을 잊고 살아온 지금까지의 시간들은 길이, 삶

이 아니었다는 각성. 그래서 저 빈 배를 묶고 있는 쇠줄은 바로 시인 자신의 삶을 묶고 있는 것처럼 시인에게 보이는 것이며, 하여 그는 자신의 삶은 "닻도 없이" "반은 뭍에 또 절반은 강물에 의지해" 걸쳐 있는 저 빈 배와 같이 어정쩡하게 살아왔다는 것을 아프게 깨닫게 되는 것이다. 그래서 시인은 지금이라도 길을 찾아가기 위해 "나를 묶고 있던 밧줄을" "그만 놓아 주어야겠다"고 다짐한다.

아름다움의 시간을 되찾고자 하는 염원은 「뜨겁던 날들」이라는 시에서도 볼 수 있다. "신두리 해변으로 가는" 길에서 시인은 "예전에 없던 꽃나무"인 '배롱나무'를 발견한다. 그리고 그는 그 "나무 끝에 매달린/ 붉은 자미화"를 보면서 "햇살이 한 번 더 구름을 비집고 나오면/ 확! 붉은빛 터질 것 같은데"라고 안타까운 듯이 중얼거린다. 이러한 중얼거림은 시인이 자신의 처지를 저 나무에 투사했음을 보여준다. 즉 시인은 자신의 피가 아직도 저 '붉은 자미화'처럼 "손끝만 닿아도 타오"를 것이라고 상상하고 있는 것이다. 아직 붉은색을 활짝 더 터뜨리지 못하고 '불긋불긋'한 자미화의 모습에서 시인은 자신의 안타까운 상태를 찾아낸 것인데, 이는 이어서 "햇살이 한 번 더" 자신을 비추어주었으면 하는 염원을 낳기도 할 것이다. 하지만 이러한 염원에도 불구하고 몸은 이미 돌이키기 힘든 변화를 겪을 수밖에 없다. 가령, 「월경越境하는 밤」에서 진술되고 있는 폐경이 그것이다. 그러나 아름다운 삶에의 의지를 갖게 된 시인은 이에 낙담하지 않는다. 그는 이 시에서 다음과 같이 말하면서 폐경을 '월경'에의 꿈으로 전환하고 있다.

> 나보다 내 몸이 더 정직하다는 걸 알고부터
> 나는 몸의 길을 따르기로 했다
>
> 아직도 경험하지 않은 '첫'이 너무 많은
> 몸과 마음의 접경지대
>
> 내 몸을 빠져나간 달, 그림자만 남아
> 폐경이 배경으로 보이는
> 내 몸의 비무장지대
>
> 나 다시 월경을 꿈꾼다

–「월경越境하는 밤」 전문

"몸의 길을 따르기로" 한 사람이 폐경 이후 "월경을 꿈꾼다"는 것은 모순처럼 보일 수 있다. 하지만 아래의 월경은 月經이 아니라 시 제목의 越境을 의미한다. 시인은 폐경을 '첫' 경험하면서 우울에 빠지는 것이 아니라, "아직도 경험하지 않은 '첫'이 너무 많"다면서 희망적인 전망으로 나아간다. '첫'이 일어나는 지대는 "몸과 마음의 접경지대"이자 "내 몸의 비무장지대"다. 몸에서 '첫'은 예상치 못한 사건처럼 나타나는 것이니 '첫'이 일어나는 몸의 지대엔 무장이 갖추어 있지 않을 것이다. 그러나 이 몸의 비무장지대에는 마음이 접하게 될 것이다. 그곳에서는 새로운 꿈을 꾸게 되기 때문이다. '첫'이 일어난 사건은 새로운 일들을 불러일으킬 수 있으며 그래서 다른 삶이 도래할 수 있게 될 가능성이 생기기 때문이다. 하여, 달이 "내 몸을 빠져나간" 폐경은 "그림자만 남"은 '배경'이 될 뿐이요, 이 비무장지대에서 시인은 경계를 넘어가는 '월경'을 꿈꾸게 되는 것이다. 이 월경이란 나이의 경계나 기억의 경계를 넘는 것을 의미하기도 할 터, 시인은 이렇게 폐경 이후에도 더욱 새로운 삶, 아름다움을 되찾는 삶을 꿈꾸리라고 당당하게 선언한다.

3

위에서 보았듯이 시인이 꿈꾸기를 선언할 수 있었던 것은 그가 잃어버렸던 아름다움에 대한 기억을 되살림으로써 비로소 가능한 것이었다. 바꾸어 말하면, 시인이 시 쓰기를 통해 기억하기의 능력을 활성화함으로써 꿈꿀 수 있는 능력을 얻게 된 것이다. 그런데 기억하기는 아름다움에 대한 기억뿐만 아니라 삶에서 힘들었던 기억도 되살린다. 가령 누군가가 병으로 죽어 땅에 묻어야 했던 기억이 그것이다. "그를 산속으로 밀어 넣고/ 황토로 봉해버리고는/돌아앉아 우는// 구름 같은 얼굴, 얼굴들"(「이사」)에 대한 기억. 시 「빚」에서 시인은 빚에 의해 생활난을 겪게 되었던 시절의 기억도 떠올리고 있다. 시인은 재래시장에서 "시든 채소"와 "한물간 생선을 떨이하는" 사람들을 보면서, '그'가 사업에 실패하여 "빨간 줄이 쳐진 빚 독촉장" 받으며 "집도 땅도 탈탈 털어버"려야 했던 시절을 기억한다. 그런데 시인은 삶이 바닥을 쳤을 이때에야 비로소 "그 어느 때보다 나를 들여다볼 수 있었던 시간"을 가질 수 있었다고 이 시절을 긍정적으로 전화시켜 생각한다. 나를 들여다보았을 때 시인이 본 것은 "무섭도록 고요한" "아주 낯선" 나였으며, "바닥보다 무서운" '난장'의 삶을 살아왔다는 것을 깨달았던 것이다. 그래서 저 시장에서 떨이 장사하는, 바닥에서 살고 있는 사람들에게서 어떤 동병상련이나 동질감을 느꼈을지 모른다. 거꾸로 말하면, 시인의 아픈 기억은 저렇게 "어디가 바닥인지 알 수 없는" 재래시장에서 힘들게 살아가고 있는 서민들의 삶을 애정을 갖고 관찰하게 만들었는지도 모른다. 그래서인지 시인은 낮은 곳에 사는 서민들의 삶을 다음과 같이 의미화하기도 한다.

겨울꽃 보러 서해로 갔다
눈보라 치는 가슴 한복판
사랑의 묘약같이 노란 매화,
납매 보러 갔다가
헛꽃이라는 허허로운 이름에 마음 오래 빼앗긴

산수국의 꽃받침
벌 나비 유인하여 씨앗 맺게 해주는
헛꽃의 향기처럼
지상 가장 낮은 곳에 이르러
손발 움직이는 사람들
그들이 세상을 떠받치고 있다고
하얀 얼굴로
살랑살랑 날갯짓하는 꽃받침
까무룩하게 나를 죽인다

—「헛꽃」 전문

시인은 '헛꽃'이라고 불리는 "산수국의 꽃받침"에서 "지상 가장 낮은 곳에 이르러/ 손발 움직이는 사람들"을 연상한다. '헛꽃'은 "벌 나비 유인하여" 진짜 꽃의 "씨앗 맺게 해주"고는 하얗게 퇴색하면서 스스로 땅을 향해 뒤집어진다고 한다. 진짜 꽃에게 생명의 열매를 맺게 해주고는 결국 희생당하고 마는 '헛꽃'처럼, 서민들 역시 온갖 일을 하면서 사회에 열매를 맺게 해주지만 정작 자신들은 밑바닥에서 힘들게 살아야 하는 것이다. 시인은 바로 그들이 산수국의 삶을 떠받치는 '헛꽃'마냥 "세상을 떠받치고 있다고" 생각한다. 이러한 연상은 다시 서민이었던 가족에 대한 기억으로 시인을 이끌 것이다. 하지만 이제 시인은, 이 글의 서두에서 보았던 어머니의 삶에서도 볼 수 있듯이, 그 힘들게 살아가 가야 했던 가족의 기억으로부터 슬픔이 아니라 "세상을 떠받치"는 힘을 생각하게 될 것이다. 아래의 시에 등장하는 '누에' 역시 "세상을 떠받치는" 존재라고 할 수 있는데, 이 누에는 산수국의 꽃받침과 동연의 의미를 가지고 있다.

유월, 뙤약볕 아래 여자아이 남자아이 뽕나무 아래 까치발을 딛고 서서 뽕나무 가지를 휘어잡네요 반쯤 치켜뜬 눈으로 새까만 오디를 따서 서로의 입에다 쏘옥 넣어주네요 아름다움은 저렇게 계산 없이 되는 건가 봐요

비단길 건너가듯 자분자분 뽕밭을 건너가는 햇빛, 한낮의 바람과 이슬이 키운 것이 어디 오디뿐이겠어요 입가에 먹물 든 웃음이 비단처럼 반짝이네요

어느 한때 온 가족이 누에만 생각하던 계절이 있었어요 이슬도 마르지 않은 새벽길, 눈을 비비며 따라갔던 뽕밭

누에가 자라면서 뽕잎도 커졌지요

누에에게 손바닥만 한 뽕잎을 덮어주면 소나기 내리 듯 쏴—쏴— 뽕잎 갉는 소리, 맑고 투명했지요 한잠 자고 두잠 자고 막잠 자고 나면 누에 몸의 푸른 기운은 어둑어둑 깊어지고 섶에 올라가 곧바로 집을 짓기 시작해요

누에의 그림자가 실루엣처럼 아슴아슴 보이다가 고치가

여물어져요 작은 우주 속에 몸을 가두고 그 몸을 비우고, 면벽 수도하듯이 눈 코 입 닫고 두문불출 막다른 그 길, 비단길이었지요

–「비단길을 노래하다」 전문

시는 여자아이와 남자아이가 뽕밭에서 "뜬 눈으로 새까만 오디를 따서 서로의 입에다 쏘옥 넣어 주"는 아름다운 장면이 묘사되면서 시작된다. 새까만 오디를 먹었으니 입가가 "먹물 든 웃음"이 검을 터, 이 아이들이 검은 입가로 웃는 모습에서 시인은 "비단처럼 반짝"이는 아름다움을 포착한다. 그리고 아이들의 웃는 모습에서 연상한 비단은, 곧 옛날 "온 가족이 누에만 생각하던 계절"에 대한 기억을 불러일으킨다. 아마 시인의 가족이 양잠업에 종사하셨던 모양이다. 그런데 아이였을 시인에게 그 기억은 누에가 뽕잎을 갉아 먹으면서 "맑고 투명"한 "솨– 솨–" 소리의 이미지로 남는 것이었다. 시에서 이 청각적 이미지는 곧 시각적 이미지–"막잠 자고 나면" 누에가 "어둑어둑 깊어"진다는 이미지–로 전환된다. 마치 누에가 뽕잎을 갉아 먹는 투명한 소리가 누에를 깊고 성숙하게 한다는 듯이 말이다. 그 후 누에는 자신이 만든 작은 우주인 고치 속에 "몸을 가두고 그 몸을 비우"게 될 것이다. 기억의 이 감각적인 이미지들은 상상력(imagination)을 활동시키게 할 터, 그래서인지 곧이어 시인은 저 고치 속에서 몸을 비우고 있는 누에가 어

떠한 삶을 살았을지 상상한다. 시인의 상상에 따르면 누에는 "면벽 수도하듯이 눈 코 입 닫고 두문불출"하면서 자신이 살아갈 길을 비단길로 변형시키면서 살아나갔다.

「헛꽃」의 독서와 함께 이 시를 읽어본다면, '누에'를 지상의 낮은 곳에서 살고 있는 서민들을 상징한다고 생각해볼 수 있다. 그렇다면, 누에를 서민으로 치환하여 다음과 같이 말할 수 있을 것이다. 뽕잎처럼 단순한 살림살이를 살고 있는 서민의 생활은 맑고 투명하다. 서민은 생활이라는 작은 우주에서 살아나 간다. 정치적 · 경제적 · 문화적 권력을 갖지 못하고 고난을 감내하면서 살아가는 서민의 생활은 마치 누에가 고치 속에서 "면벽 수도 하듯이" 살아가는 모습과 유사한 면이 있는 것이다. 하지만 그러한 고난의 감내 속에서, 서민들은 누에고치가 실을 자아내듯이 사회 전체가 운영될 수 있는 정치적 · 경제적 · 문화적 기초를 자아내고 있다. 「헛꽃」에서 시인이 말했듯이, 그들이야말로 "세상을 떠받치고 있"는 것이다. 그렇게 묵묵히 세상을 떠받치면서 살아가는 서민은 자신들의 삶의 길을 만들어냄과 동시에 사회가 나아갈 길도 만들어낸다. 시인에 따르면, 그 길은 아름다운 비단길이다. 서민이 만들어내는 길이 아름다운 길이 될 수 있는 것은, 그 길에 그들의 꿈이 투영되기 때문이다. 아니, 그 꿈이 아름다운 길을 열 수 있는 생명력이 되었다고도 말할 수도 있겠다. 바꾸어 말하면, 그들은 고단한 생활을 침묵하면서 감내하기만 하는 것 같지만 꿈을 꾸면서 살아가고 있었던 것이며, 그 꿈의 힘이 그들 자신의 삶의 길을 만들고 사회의 아름다운 미래를 여는 길을 만들 수 있었던 것이다.

이렇게 본다면, 시인은 위의 시에서 고치 속에서 비단길을 내는 누에로부터 서민의 집단적인 꿈의 아름다움을 발견하고 있다고 할 것이다. 시인은 이러한 발견을 남녀 아이들이 계산 없이 아름답게 서로의 입에 오디를 넣어주는 장면을 보면서 촉발된 기억하기—옛 시절 누에와 관련된 이미지들을 떠올리기—를 통해 이루어낼 수 있었다. 이 발견은, 「빈 배」에서 읽은 "길도 아닌 것이 나를 이끌었다"는 시인의 반성과 연결될 것이다. 시인의 "길도 아닌" 지난 삶과는 달리, '누에-서민'은 저렇게 꿈꾸기를 통해 아름다운 비단길을 만들어내고 있었던 것, 하여 시인은 자신도 역시 비단길을 만들어내기 위해 꿈을 꾸고자 하지 않겠는가. 아래의 시에서 시인이 객관적 상관물화 하고 있는 '바람꽃'의 그것처럼, "한 번은 꽃이 되어 보고 싶"다는 꿈.

> 침묵의 뇌관을 밀어 올려 꽃대 내민
> 바람꽃
> 순환의 고리를 끊지 못하여
> 꼭, 그 이름 그 입김만큼 눈 녹은 자리
> 그 자리에 얼굴 내밀고

지금 한창 봄빛을 타 넘고 있다

빙점에 도달할지라도
한 번은 꽃이 되어 보고 싶었던
이글거리는 눈빛
바람꽃, 변산바람꽃

—「변산 바람꽃」 전문

그런데 '바람꽃-시인'은 "한 번은 꽃이 되어 보고 싶"은 꿈을 이루어 내고자 한다는 점에서, 묵묵하게 자신의 몸을 비워내면서 집단적인 꿈을 꾸며 살아가는 누에와는 차이가 있다. 시인은 마음에 불씨를 품은 자인 것이다. 자신을 태우면서 아름다움을 꽃피우고자 하는 욕망, 그 욕망을 갖고 있는 '시인-바람꽃'은 누에처럼 침묵하면서 살아가면서도 스스로를 폭발시키기 위한 뇌관을 침묵 속에 품고 있는 자이다. 시인은 아름다움의 길을 여는 서민의 꿈을 발견하면서 이렇듯 그 자신의 꿈의 뇌관에 불이 붙기 시작했음을 느끼게 되었을 테다.

4

이렇듯 한소운 시인은 서민의 꿈을 발견하면서 폐경의 나이를 '월경'하여 꿈의 뇌관에 불을 붙일 수 있었다. 하지만 한편으로, 그는 불꽃처럼 마냥 살 수는 없다는 것을, 그 불꽃은 꺼질 수밖에 없다는 것을 인식하고 있는 나이에 서 있기도 하다. 이 시집의 마지막을 「마트씨의 24시」라는, 이 시집의 주조와는 이질적인 시를 배치한 것은 이와 관련된 시인의 의도가 있는 듯이 보인다. 이 시는 "오전 6시에 문을 열고 자정이면 문을 닫는" 마트 그 자체가 의인화되면서 진술되고 있다. "다람쥐 쳇바퀴 돌리듯 하루를 뛰지만" "24시간 푸른 꿈을" 꾸는 마트씨는 여느 소시민의 삶과 다르지 않다. 그런데 시인은 이 '마트씨=소시민'에서, "간판불이 꺼지고 무대의 막이 내" 리면 "마트의 모든 쓰레기가 매립지로 흘러가듯, 마트씨도 서서히 허물어져 지구의 어느 구석으로 반납될 것을 안다"고 쓰고 있는 것이다. "배추 다발 같은 인생을 마트에 입금"하고는 쓰레기처럼 서서히 허물어져 삶의 무대가 끝나게 될 소시민의 삶과 죽음. 시인은 시집의 끝 부분에서 이렇듯 천지간에 내리는 눈처럼 결국 사라질 슬픈 삶의 운명을 기록하고 있는 것이다.

그래서일까, 시인에게 자신을 태우면서 아름다움을 꽃피우고자 시를 쓰는 일은 죽음의 운명 앞에서 낙조처럼 "마지막 온몸 던져 혈서를 쓰"(「겨울 바다의 낙조」)는 일과 같은 것은. 시인에게 시 쓰기는 '마지막'이라는 비장함과 '온몸'을 던진다는 절박함을 갖고 있는 일이다. 하여, 시인은 결국 죽음을 마주해야 하는 삶의 운명 앞에서 다음과 같은 자세를 가진다.

끙, 몸져누운
한 번씩 돌아누울 때마다
그 몸에서
푸드득!
새가 날아올랐다
하얀 눈부신 깃털 하늘에 닿을 듯
또 한 번
끙,
모로 돌아눕는다
거룩한 목숨
크게 한 번 기지개한다
절벽이다

–「파도」 전문

이 시에서 시인은 파도가 쳤다 나가는 모습에서 삶의 본질에 대해 사유하고 있는 듯하다. 이에 따르면 삶은 파도의 반복처럼 아름다움과 죽음의 반복—'끊지 못하'는 '순환의 고리'—을 통해 이어져 나간다. 시인은 하얀 포말을 끌고 육지 쪽으로 밀려오는 파도에서는 하얀 새가 눈부시게 하늘로 날아오르는 모습을 본다. 그것은 아름다움에로의 욕망이 하늘을 향해 비상하는 삶의 한 국면이다. 하지만 다시 바다 쪽으로 파도가 밀려가야 하듯이 삶은 아름다움이 비상하는 국면과는 반대쪽으로 "끙,/ 모로 돌아"누워야 한다. 그 삶의 국면은 삶과 죽음

사이를 가르는 '절벽' 쪽을 향해 있다. 이를 보면 삶의 불꽃은 아름답게 새처럼 날아오르기도 하지만 낙조처럼 점차 사라질 운명에 있기도 하다.

그런데 이 절벽 앞에서 "거룩한 목숨/ 크게 한 번 기지개한다"고 쓰고 있다는 데에 시인의 기개를 엿보게 된다. 아름다움을 꽃피운다고 하더라도 결국 죽음의 절벽 앞에 서게 되는 것이 삶의 운명이라면, 그 절벽 앞에서 위축되는 것이 아니라 크게 기지개를 펴겠다는 기개 말이다. 그러한 기개는 죽음을 두려워하지 않음으로써 가질 수 있는 성품일 것이다. 또는 죽음 이후에도 어떤 삶이 있으리라는 믿음이 있기 때문에 가질 수 있는 성품일 수도 있다. 시인이 "돌아갈 수 없는/ 전생을, 이생을 오래전에 잊은 듯/ 굳어버린 지느러미/ 숨통을 잃어버린 아가미"를 가진 '목어'에서 "물길보다 바람길에 더 익숙해진/ 저 무한경지의/ 흔들림"(「목어」)을 시인이 찾아내고 있는 것은 이승을 넘어서는 삶이 있음을 발견하고 있는 것 아니겠는가? 목어는 생명을 잃어버리고 결국 하나의 무생물처럼 굳어버린 물고기이지만, 그것이 지붕에 매달릴 때에는 도리어 바람을 타고 유영하는, '전생'과 '이생'과는 다른 삶을 살게 된다. 그런데 저 생명 아닌 생명을 가진 존재는 바로 시를 말하고 있다고 말할 수 있지 않을까? 물고기의 생명이 나무로 형태화된 것이 목어라면 시인의 영혼이 텍스트로 형태화된 것이 시라고 말할 수 있는 것이다. 하여, 나무로 만든 목어가 바람을 타고 유영할 수 있듯이, 종이에 새겨진 텍스트인 시 역시도 바람을 타고 사람들의 마음속을 유영한다. 그렇다면 시인은 나무와 같은 존재 아니겠는가? 목어가 나무로 만들어지듯이 시 역시 시인의 마음으로 만들어진다고 할 때 말이다. 그래서 시인은 다음과 같이 당당하게 쓰고 있는 것 아니겠는가.

나는 한 가지 체위만을 고집한다

내 살아온 이력
근본 없이는 똑바로 설 수 없기에
산그늘보다 더 깊은 뿌리 하나쯤 내리고
고요히 선정에 들 때면
하늘을 날던 새들도
가만 내 어깨로 내려와
詩나부랭 詩나부랭 문장을 만들다
구름 한 장 북 찢어버리고
포르르 구름 속으로 날아간 오후
다양한 체위를 논하는 시인들은
아직도 난해한 說을 풀어 놓지만
나는 죽어도 무릎 꿇지 않는
예나 지금이나 한 가지 체위만을 고집한다

—「나무」 전문

목어로서의 시를 만드는 시인은 이렇듯 당당하다. 목

어를 만드는 시인의 마음은 목어의 모체인 나무처럼 "한 가지 체위만을 고집"하면서 굳건하게 서 있기 때문이다. 그 굳건함은 나무의 뿌리와 같은 '근본'을 시인이 잃지 않으려고 했기 때문에 얻을 수 있는 자질이리라. 이 글의 앞에서 보았듯이 시인이 기억하기를 통해 고향을 잃지 않으려고 했기에, 그는 나무의 굳건한 자세를 가질 수 있었던 것이다. 하지만 그렇다고 저 나무가 경직되게 서 있는 것은 아니다. 시인의 마음은 바람을 타고 유영할 수 있는 목어처럼 유연하기도 하다. 그러한 바람과의 친화성은 "하늘 날던 새들"이 "가만 내 어깨로 내려"오는 양태로 이루어진다. 그리고 시인의 마음이 자신의 어깨 위에 새들이 내려앉았다가 날아가는 모습을 마음으로 뒤쫓으면서 목어와 같은 시의 문장들이 만들어지기 시작한다. 새의 비상을 뒤쫓는 것, 그것은 바로 아름다운 삶에 대한 꿈꾸기이리라. 즉, 기억하기라는 나무의 체위 위에서 새의 비상과 같은 꿈 꾸기가 이루어질 때, 한소운 시는 씌어지게 되는 것이다. 이렇듯 위의 시는 한소운 시인의 시관詩觀과 시인 자신의 시작詩作 과정을 잘 드러내 보여주는 선언문과 같은 위상을 가진다. 이렇게 씌어진 시들을 담은 이 정결한 시집이 바람을 타고 유영하는 목어가 되어 독자들의 마음을 울릴 수 있기를 바라 마지않는다.